U0134678

3itches

三魔女 BY KIU

BOOK

2

- CHARACTERS -
OLIVIA
奧利維亞
"The Fighter"
簡稱 Ollie 奧利。高效率武鬥系巫師，任務達成率很高，經常受協會邀請工作的優秀員工。
TINA
天娜
"The Pharmacist"
魔界某藥店的魔藥師。約十年前認識了奧利和薇安，兩人執行任務時，天娜經常擔任秘密支援助手。
VIVIAN
薇薇安
"The Spell Seller"
簡稱 Vian 薇安，同樣是受協會邀請工作的巫師，主職分析、管理咒語及相關買賣工作。

鷹仔

跟亞歷斯同一時間來到
大屋的魔童，不小心被
暴走的詛咒碎片擊暈。

ALEX 亞歷斯

來了大屋只有大半年的魔童，
喜歡躲在房間看書和動畫，
還在摸索自己的能力。

SULLIVAN 沙利

大屋的小僕人，負責其他
魔童的起居飲食。戴圓形眼鏡，
手中經常拿著水晶球。

JULIUS 朱利

大屋的小僕人，負責
打掃大屋，是最清楚
大屋佈局的人。

「大屋主人」

在魔界和人間收集大量東西
堆放在大屋裡的神秘人。

ROLAN 樂蘭

隨占卜結果來到大屋。後來幫忙
封印詛咒，卻被奧利擊暈。

- STORY -

三位個性迥異的「魔女」——奧利、薇安和天娜，潛入隱匿於魔摩草原的大屋，執行「秘密任務」！在結構有如迷宮一樣的大屋裡，三魔女拯救了被詛咒污染的魔童們，卻不小心中咒，無法離開大屋。最後他們和同樣混進大屋的樂蘭，一起封印了暴走的詛咒碎片，可惜鷹仔卻被詛咒攻擊而倒下…

CONTENTS

CONTENTS

EPISODE 6
諾言咒 & 琉璃燈

嗯……

!!
喂喂…夠了啦!!
別以為我不知道你想怎樣啊！
把他弄得滿天星星…還想偷襲!?
…我才沒有…

拜託你下手別這麼重好嗎…
這樣看來要昏迷一、兩天了…
噢…好吧…
鷹仔他怎樣了？
啊啊…
那樣看…應該是被那黑色的手彈額頭而昏迷了…

咦——!?
那算是中了詛咒嗎!?
那些黑色的手算是詛咒的一部份…
可看成受感染似的狀態吧…
如果額頭的煙能散去的話，或許就能醒過來…
現在他雖然看似睡著了…
但應該會一直做惡夢吧…
很可憐啊…鷹仔…

想不到詛咒碎片會出現在這裡⋯
而且看來已藏在這大屋裡很久了⋯
⋯為甚麼會突然甦醒過來呢⋯？
自從魔女們來了後⋯奇怪事總是不斷發生⋯

……別怪魔女們……
沙利……
……？
……
……怪事……
其實是從主人帶
鷹仔和亞歷斯來這裡時，
就已經開始發生了……
咦──!?
我、我們嗎!?
我們甚麼
都沒做啊……？
雖然是有被鷹仔
拉去到處探險……
嗯？是魔童的
魔力失衡……？

從那個時候開始⋯⋯
我就已經察覺到大屋有點怪怪⋯⋯
沒事的⋯⋯
我都處理好了⋯⋯
對不起呢，朱利⋯⋯要你擔心了⋯⋯
但會慢慢變好的，
放心⋯⋯
但主人從沒解釋過為甚麼會帶他們回來⋯⋯⋯

的確主人離開大屋之前，再沒發生甚麼事⋯
唔——
但他始終也沒說清楚是不是鷹仔或亞歷斯帶來的影響⋯
之前不是說，你們出了事，主人都會知道嗎？
怎麼到現在還沒回來⋯？
哼，可能整座大屋塌了才會回來吧！
沙利啊⋯別、別這樣說啦⋯

嗚嗚！我不要大屋爛掉啦…
我好喜歡這地方的啊!!
啊！對不起啦…
我隨便說說而已…
對不起…
唉~~~
好啦好啦…我待會再來看看他吧…
你們也快點休息吧…

保護措施……
這樣應該可以了……
那個主人竟然沒有把詛咒碎片交到協會，還私自藏起……
所以他是協會的敵人嗎……？還是……？
然後樂蘭是來處理這詛咒……嗎？
——呼

我只是一個小小的魔藥店商人…
…替他們擔心甚麼了…

看他那污糟邋遢的樣子…可能和我們差不多時間闖進來…
應該是空間魔術令他一直迷路，才遇不到我們和魔童吧……
嘛～真是的！
原本只是為了私事而來，結果竟然被捲入協會的麻煩事情上…！

雖然知道樂蘭會來，
但我們也應該事先察覺「那個人」和協會是不是有甚麼關係…
對……
更沒想到是和詛咒有關……
這麼多年來，不知「他」都在幹甚麼……？

蓋了一幢大屋來私藏詛咒？
還拐騙魔童…
……
但魔童們…好像都很喜歡他呢…

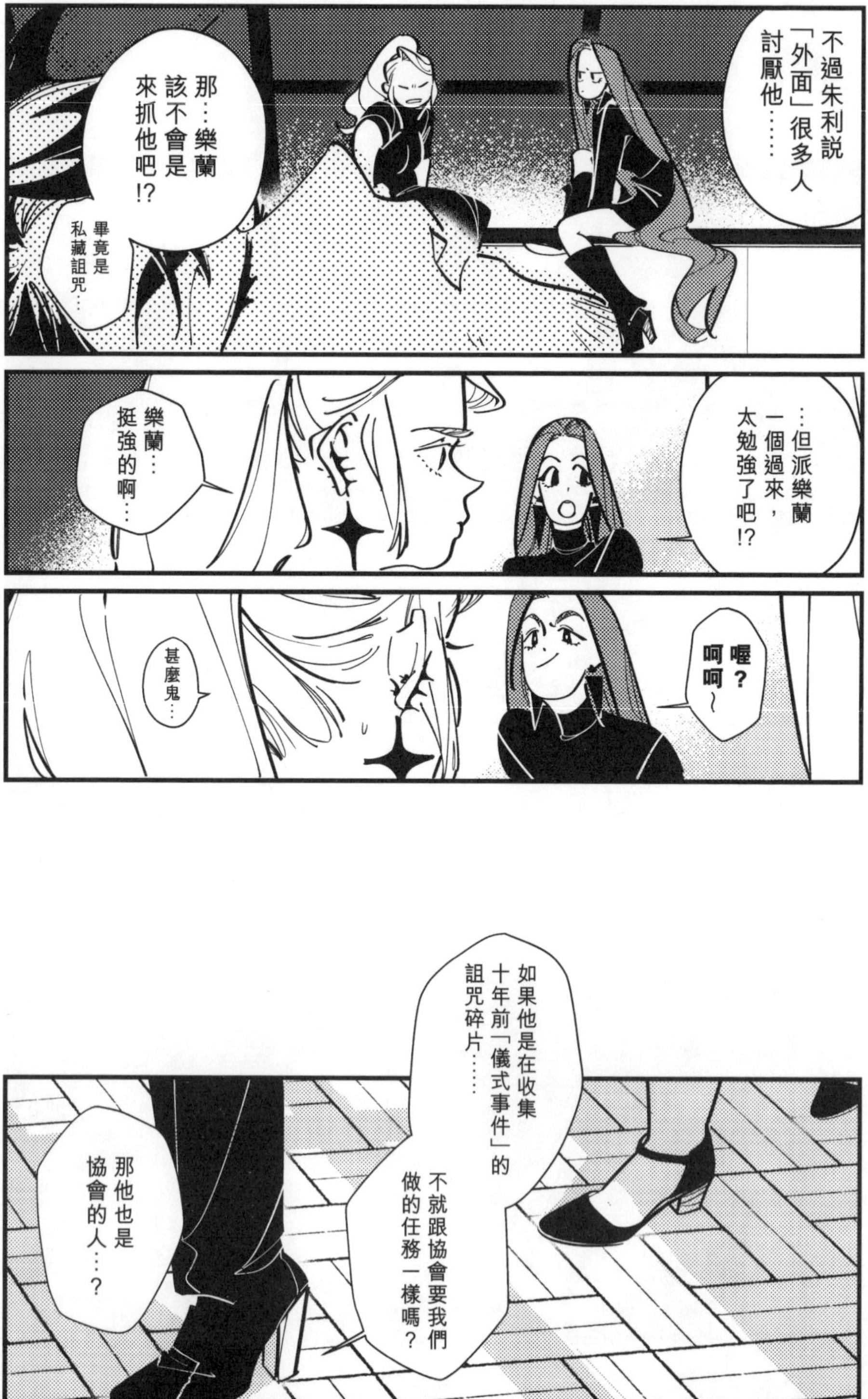
不過朱利說「外面」很多人討厭他……
那…樂蘭該不會是來抓他吧!?
畢竟是私藏詛咒…
…但派樂蘭一個過來，太勉強了吧!?
樂蘭…挺強的啊…
喔？呵呵～
甚麼鬼…
如果他是在收集十年前「儀式事件」的詛咒碎片……
不就跟協會要我們做的任務一樣嗎？
那他也是協會的人…？

雖說我們是協會的特約巫師，但也完全沒聽過有關他的消息啊…
但如果他是跟「馬面」…樂蘭的至上巫師有關係呢？
你看…那五個至上巫師關係不是怪怪的嗎？
那他一直銷聲匿跡就或許說得通了…
自從樂蘭跟隨「馬面」那邊之後，就沒再跟我說話了…
絕對是有甚麼秘密！

現在想起來…我們一直都不知道，協會把我們收集的詛咒碎片送到哪裡去……
明明整個魔界都沒幾個解咒師能處理那種級數的詛咒…
等等！我們不是說不要太深究協會的事情嗎!?
雖說現在也是泥足深陷了…
啊啊——
吶…那要跟天娜說嗎？
再不說……他可能真的會溶掉整間大屋啊…

來——

琉璃燈!?
天啊！不要說是送我的!?
怎麼突然拿出來？
才不是啦!!
嚇死……
是奧利的？
嗯
啊……莫非……
奧利的對象是樂蘭嗎？
都不是啦!!

那你要把話說清楚了沒有!?
琉璃燈不是定情用的信物嗎!?
…是給這大屋主人的……
…啊啊真的是這樣…
我就想你跟他一定有甚麼關係了……
咦…喂!!
天啊奧利你甚麼時候——
噗!
我就是不要看到這樣的反應啊!!
好啦~你們都冷靜點。

就是…
從前有個小魔童…
說過當他得到漂亮的魔法，能獨當一面的時候…
就要將那載著魔法的琉璃燈，送給某個巫師…
還賭氣地下了一個諾言咒…

而琉璃燈的真正意義，他是在離開那個巫師後，在外面學習魔法時才知道。
所以，我來這裡是因為有不得不完成的事。
聽起來好笨啊…
還下了諾言咒，這麼可愛嗎？
魔童嘛…

要你幫忙調藥水，也是因為他害羞啊！
以為換個模樣送出去會比較容易~
SHU—
吓？
魔童的諾言咒而已…這麼大費周章？
我們分開之前，關係鬧得不太好，
所以一直沒再聯絡…
「儀式事件」後，他更是銷聲匿跡…
連占卜也得不到任何結果…
嘛~可能是我的占卜技巧太爛…
結果最近竟然給我知道，樂蘭得到他的藏身地點情報…
所以我才趕來這裡…

咦……樂蘭的情報？
其實我也不確定奧利怎知道…
他總會拿到很多樂蘭的小情報…
說不定有跟蹤他…
咦咦…!?
我只是想把這東西送出去，完成那個諾言…而已…
我也沒想到會被捲入這麼麻煩的事情…
所以天娜…抱歉…
好…好吧…

那，薇安也要送嗎…
嗯…我沒施諾言咒啦，不過我也有準備琉璃燈啦…
哎喲~
不過說真的…
奧利你的星塵的確很漂亮~
其他巫師的星塵，那光芒也沒有這麼閃亮…
咦…多謝…？
所以…

今早…說不定樂蘭一下子就認到你了…
頂…

探頭—
奧利……？
亞歷斯？
睡不著嗎？
唔……
朱利和沙利都睡了嗎？
嗯，都睡在鷹仔旁邊…
這個人……

那些黑色的手⋯⋯
出現時⋯⋯
就是這個人救了我⋯⋯！
咦⋯⋯⋯

我從房間出來時剛好遇上他……
咦?!哪來的魔童?
快逃!
你是誰…!?
多虧他幫忙開路,我才能逃出來找你們……
啊啊…原來還發生了這樣的事啊…
那他甚麼時候才會醒來?

薇安剛才說大概一、兩天吧…
抱歉啦，是我有點失控了…
是奧利的滿天星星…
哇啊——!!!
嗚——

咦?!
亞歷斯——!!
咦咦…?
……!?
那個…
唔!?
滿天星星突然消失了…!?
你——竟然打暈我!!

咦!?
快說！現在是甚麼情況!?
那詛咒碎片呢!?
這大屋的主人在哪!?
怎麼又是脅持我了…
你又幹嘛在這裡出現!?
我…？

還以為你總是對協會的事不太上心，應該沒甚麼立場……
原來你是其餘四個至上的手下啊……
甚麼意思……
偷了我的情報，還溜進這大屋……
你敢說你不是受命於他們!?

奧利弗!!

你果然⋯知道是我⋯
別當我傻!!
咦??
果然是因為我的星塵太閃耀
偷我的耳環！還大搖大擺戴著!?
瞎子也能認得到你吧！

唔……！
咦？
不——!!
等等!!
這個……是我……
甚麼！你還偷了人家的東西!?
不是吧!?
薇安！
!?
原來你也在啊……
那四個至上……竟然能籠絡你們兩個特約巫師為他們賣命啊……

你來這裡不是為了抓大屋的主人嗎？
吓…
我只是來傳話罷了…！
抓個鬼啊！那個人的魔力能跟至上匹敵耶！
叫我單人匹馬來抓他？這麼看得起我啊…
傳話…!?
傻的嗎？

嗱～是他自己承認不夠格的啊～
唔!!
總之你先放開那魔童吧…
我們不是聽命於任何一個至上…亦不是敵人…
欸…!?
另外是，你找的大屋主人現在不在家，
我們也是在這裡等著他回來～

啊——！
嗯…？
主人…!?
沙利？
我夢到他…

是他嗎？
看不清楚⋯
你們怎麼都跑出來了？
天娜！
我⋯剛剛夢到主人⋯

他說他要回來了…但…
那邊的好像不是他…
但真的有人耶…
甚麼…
我來看看…
!!

你們兩個…先回去裡面…!!
甚麼事…?
怎麼來了個大人物…!!
SUPREME 5
至上——
森心大人!!

竟然來了個大人物⋯
不會又跟那個主人有甚麼關係吧⋯？
明明主人沒甚麼朋友⋯
為甚麼最近這麼多人找他⋯
要通知奧利⋯

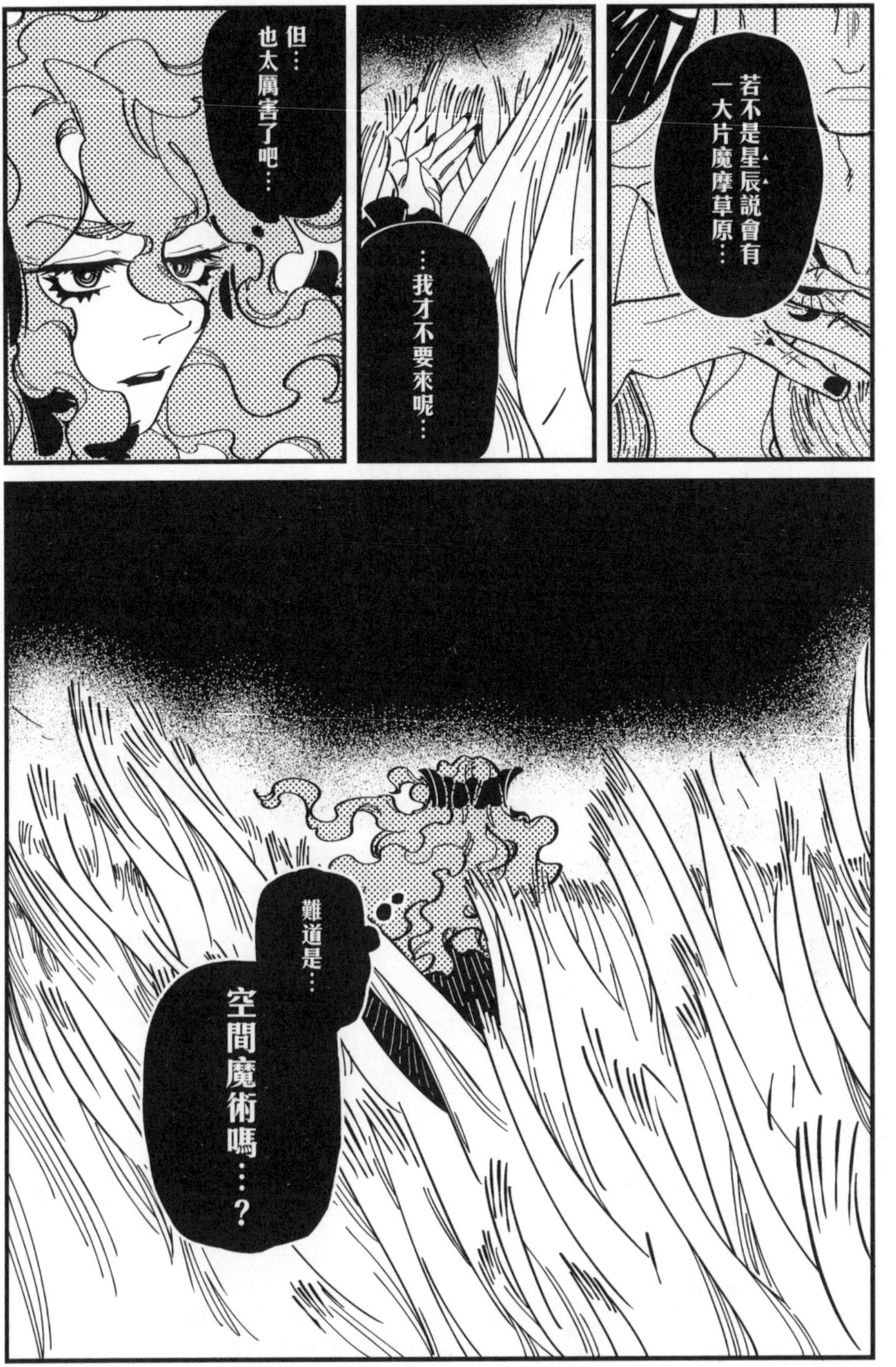
若不是星辰說會有
一大片魔摩草原…
…我才不要來呢…
但…
也太厲害了吧…
難道是…
空間魔術嗎…?

但不要緊…
我感覺到這裡充滿著「你們」…

EPISODE 7
魔摩草原 & 至上巫師

……你想找的那個人不在喔……
不在……？
噴！
瞄

……那麼……
你們又為甚麼來到這裡？
既然說你們不是至上的手下……
……私事！
吓!?
私事？
你跟那個人有甚麼關係？
只是些雞毛蒜皮的事……
跟你沒關係就是了!!

既然是小事，幹嗎一直待在這裡了！
離開啊別礙事!!
我礙事了!?
這裡發生了一大堆奇怪事情…
我都解決掉了!!
…若不是中了——
嗚——
一大堆…
中了？
總之！你就別管我——
你沒權管我!!
吵甚麼!?

天娜!?
咦!?
…天娜？不是吧！連那個魔藥店的人也在!?
咦！你知道我嗎？
不……你這麼快就醒了？……!!
不不不！外面！外面!!
咦…？我想說甚麼來著…!?
至上!!
森心!!

!!
謝謝朱利…
你們跑太快了…
一個接一個來這裡是為了甚麼!?
在那邊…!!

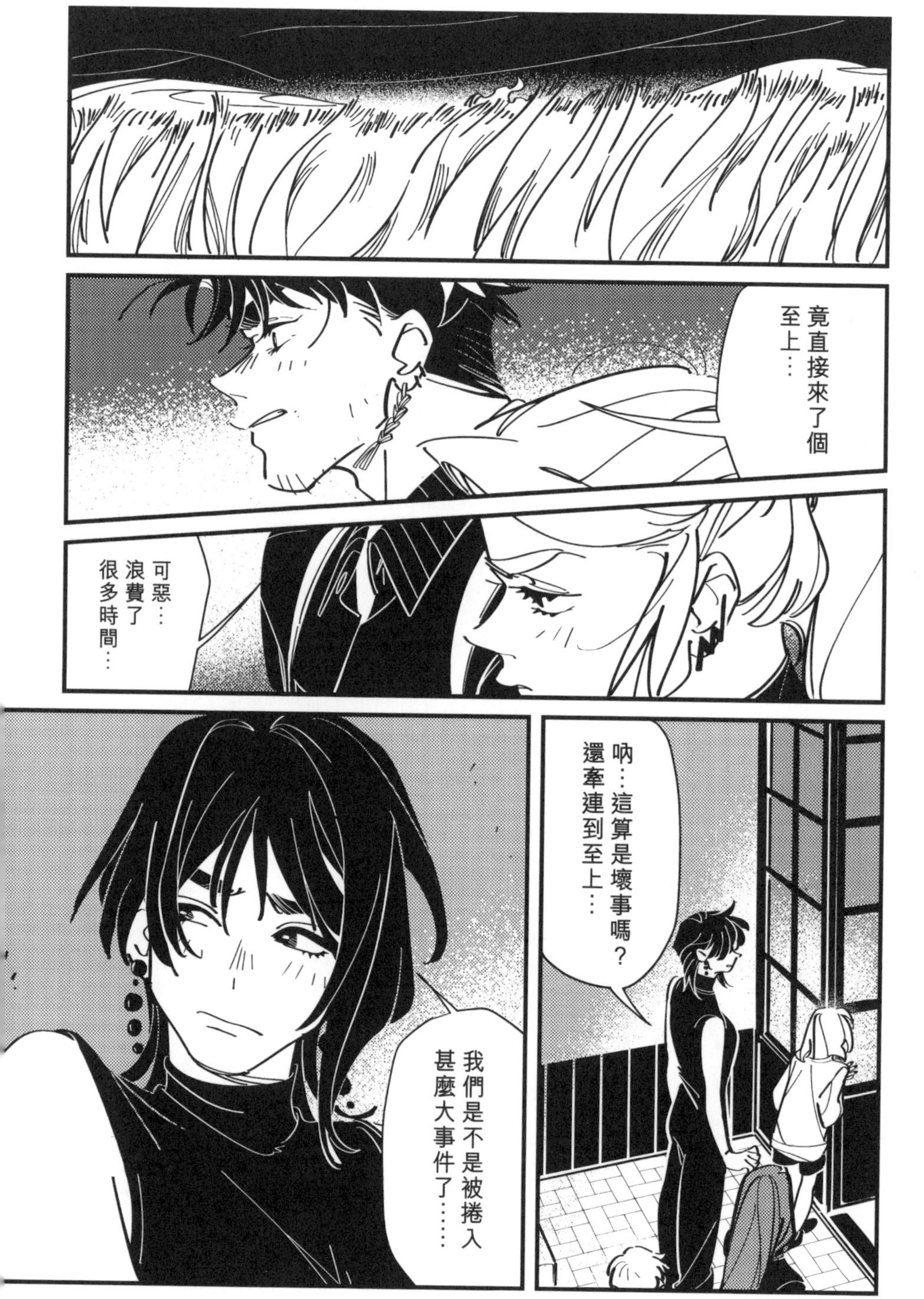
竟直接來了個至上……
可惡……浪費了很多時間……
吶……這算是壞事嗎？還牽連到至上……
我們是不是被捲入甚麼大事件了……

…今早的那個詛咒碎片也是…
嘖—
不能讓她接近這裡…
喂！奧利弗！
幫我吧！

吓…？
奧利弗嗎…？
他很強啊…一個人也沒問題吧。
為甚麼？
甚麼？要對付至上嗎？
最好把她擊退！
這也太強人所難了吧…

她目標應該就是那詛咒碎片！
絕對不能讓她搶走！
等等!!
…你這樣做到底…!?
…至上、協會…他們一直都在收集碎片吧！
喂你——

若不阻止她…
這大屋的主人——
可能會死呀!!
吓…主人?
…甚麼意思?

我…我來把她困在魔摩草裡面…!!
朱利！別走出去!!
朱利!!
…已經衝出去了…
TINA!?
…真是的!!

天娜!!
連薇安也…!?
拜託!!
既然你也想見那個人的話…!

……可惡!!
快回大屋!!
朱利！停啊!!
我有辦法的！

這裡有主人的空間魔術！
說不定⋯
—嗚
現在接近這片草原很危險!!
主人說過魔摩草會保護我們的！
沒用的！她可是綠女巫哦！
但這些魔摩草是主人的啊⋯

——她在這裡了!!

噢……晚上好……
星辰的占卜可沒說會有其他人在啊……
而且還有魔童……
為甚麼魔摩草沒……
她幹嗎一直盯着我……

還打算偷偷溜進去的說……
原來這裡那麼熱鬧啊！
請你立即離開吧！
你想找的人不在這裡！
唔…
這個人……是萬羅的手下吧？
竟敢命令我！

——!!
糟糕！
果然——
她控制了這片草原!!

……被困住了!!
奧利!
哇啊!
天娜!
朱利!過來這邊!!

哼!!
……原來萬羅也派人來了……
看來我遲了點呢……
啊啊……
遲到了呢……
真沒禮貌……
竟然來攻擊至上……
……他們說扎克不在……
唔……

對呢…
這座大屋果然是佈下了空間魔術…
不能漫無目的地走…
亂七八糟的…
原來這裡有溫室呢！
在溫室裡嗎…
好吧！就去那裡吧！
謝謝你們~

奧利！拜託來幫我吧！
之後會跟你詳細解釋的！
…喂！在哪裡!?
他可能會死啊!!
那是甚麼意思了!?
幫我吧!!
奧利！
幹嗎!?
他們在吵甚麼…
嘖…我明明從不打算得罪至上…

這根本泥足深陷！
好了啦！
我在這裡啦!!
奧利！
薇安!!
能做點甚麼嗎!?
能燒掉嗎？
嗯…
好…來吧…!!

果然在屋外就開始惡化了…
嘎嘎…魔法變弱了…
對不起呢…朱利…是需要燒掉一點點…
嗚…我怎樣跟主人解釋了…
好好好…現在滅火吧……！
乖…
沒辦法…她幾乎可以控制所有植物啊…
呀！
不好了！
那個被封印了的詛咒碎片，我放到溫室了!!

怎麼了？
外面好大聲…
……
趕緊回去吧！
她已經闖進去了！
轟轟…
轟轟…
不知大屋的空間魔法能不能抵擋一下…

!!
啊啊……我不喜歡這種建築風格……

哎喲…這裡的植物受到我魔力影響呢…
長得漂漂亮亮~
就是這個吧…
直接拿走好了…
嗯!?
已經被他們暫時封印起來了嗎…

别碰啊———!!!
啊…
你不可以拿走!!
又一個魔童嗎…
你就是那個…至上…嗎？
那東西…
水晶球!!

甚麼!?
唔…是這魔童的…幻術？
嘛……還算漂亮吧…
但不成熟…

!?
真是的！
别擋路!!

她在這裡!!
沙利!!
唔?
怎麼突然感覺怪怪的…?

你怎樣了!?
沒事嗎？
嗚嗚…
杜你身為至上…竟然攻擊魔童！
可惡——你敢打傷他!?
不能怪我啊…
魔童的天然力量不能小覷…
剛剛還使出了幻術…

別只一直盯着—
—說話啊!!
!!
嗚—

區區嘍囉…!!
嘎嘎…感覺怪怪的…
為甚麼…?
!!

嗄⋯⋯

可惡——
奧利！你是怎麼了⋯⋯
沒有以前的威力⋯？
大屋外使用魔法⋯果然使不上力⋯
⋯我知道啦！
平時一下子就打暈別人⋯
她可是至上⋯
別太看得起我⋯

!?
咦——
幻術——!?

不!!
她正把花種在我們身上啊!!
痛死了!!

生出來的花…
也挺漂亮的～
痛——
不錯…
還差一點點…
…就能成為
我的傀儡了!!
動不了…!!

!!
哇——!!

甚麼東西!?
……!!

誰…!?
嗚—
咦咦—

剛回來就看到
門前被燒了個大洞…
客人們還在
草原上打架，
發生甚麼事了
!?

EPISODE 8
守護法咒
&
運惡懲罰

好些日子都沒一個客人上門⋯
現在卻來了那麼多個！
真是熱鬧⋯
啊!!
科納斯——!!

唔…星晨不是說那人一直在避世嗎…
—你回來啦！太好了！
噢…朱利！這裡發生甚麼事？
主人也回來了嗎！？
愈來愈多人，這不好處理…
至少要帶走那碎片…
嘖…
喂喂喂…別想闖進去了—
…煩死了！

小心!!

不會吧!?
怎會這麼
容易就……

口哨聲——!?
!!
回來吧!科納斯!
主人!

那可是我的魔摩草……
竟敢擅自操控它們……！
嗚……!!
真大膽……

這聲音⋯⋯

終於出現了嗎？

所以——
誰攻擊了沙利!?

你嗎⋯⋯
⋯⋯
⋯⋯
主人!!

就是她！主人!!
朱利!?
怎麼搞的？魔摩草被燒，人又變多了…
主人聽我說！那個綠色女人會殺了你的！
奧利沒事吧？
天娜，有辦法處理這些花嗎？
等等…
吓…
…她還不停攻擊我們！
好…乖…你先退後吧…
……我認得你…你是其中一個至上吧…

那宗事件……
當時你也在場啊……
……你大屋裡的詛咒碎片……
……是協會在強制收集的東西吧……
可惜你大駕光臨寒舍，我這裡卻沒甚麼好東西招待你呢~
給我吧!!
她……說話了!?
……不交出來……是想再受罰嗎？
……!!

就憑你是至上，就能命令我嗎!?
我可不是協會的人——
!?

主人小心!!
沒事。你們退後⋯⋯

你還不離開的話，我就不再對你客氣！
嗚——
你還沒察覺嗎？
你的魔法開始不聽使喚了…
!?

……這些斑點到底……
只怪你攻擊了我可愛的魔童啊！
活該！
是你的詛咒嗎!?
呵呵～也不完全是！
離開吧!!

詛咒……甚麼的……!!
你不行了…
不可能……!!
魔法被污染了!?

—!!
!?
離開吧!!
嗚!!
……可惡!!

至上…!?
哼——
好吧！最麻煩的也處理掉了。
真不習慣啊…這裡出現那麼多人～
到你們啦～
主人!!

這個人…
啊啊~你們到底是…？
！
你…你不認得我們嗎？
盯
嗯？

好了…該走了吧！
在學校上課是再正常不過的事了，
跟着我會變得沒出息的…
好好照顧自己…做個獨當一面的巫師～

你們會變得漂漂亮亮的……
……不回來也沒關係啦……

你給我等着吧！我絕對會回來的！
何苦呢…
在意我這個被世人討厭的巫師……
這個諾言咒，我絕對會信守的!!

就說你笨啊⋯
幹嘛要趁我睡著時，
偷偷下這個諾言咒⋯
嘖
哇！
啊！
嗚！

所以才沒有人喜歡你呀！活該!!
—就這麼喜歡動手動腳的…！以後是要用拳頭來施魔法嗎!?
粗魯！
哼!!
…
…我會…很掛念你的…

……即使沒有這個諾言咒……

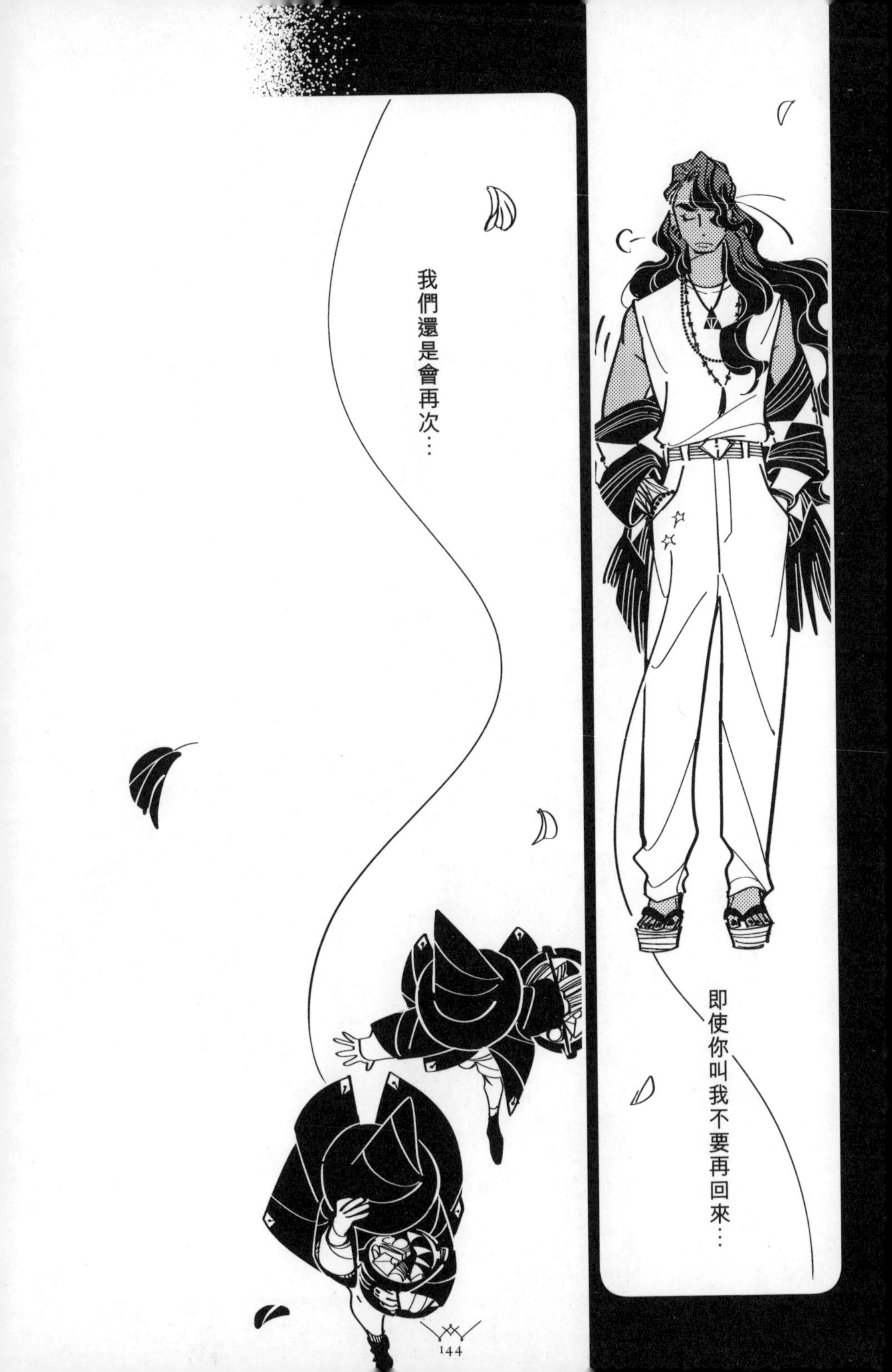
即使你叫我不要再回來…
我們還是會再次…

是三魔女!!
咦…？
她們很好的！保護了我們！
三…
…魔女？
哈哈!!三魔女嗎？
剛才你們連至上也敵不過呢！
又怎會是魔女了…哈哈！

別拿傳說來開玩笑了！以為自己還是魔童嗎～
…的確是我亂說的…
但她們真的很厲害啦！
好啦好啦…詳情之後再說吧！
至於她們到底有沒有好好保護你們…
我們先去看看沙利再說吧。
嗚…他怎會知道…？

還有…你是萬羅的下屬？
我…我叫樂蘭！萬羅大人派我來傳話的！
哈～全身都是花呢～進去再說吧哈哈！
很痛！
我來調魔藥吧…
謝謝…
主人。

……竟然是他的使魔……

沙利…沙利！沒事嗎？
醒了！
哈囉!!
回來了嗎!?
噢噢!!
尼洛？滿滿？

使魔們回來了，即是說主人也回來了嗎？
主人！

噢噢～沙利，沒事了嗎？
沒事…被打了一下而已…
奧…奧利他們來幫我了…
沒事就好。
守護法咒很有用呢！
受了傷也回復得很快。

你說的守護法咒是…？
就是保護他們的咒語啊～
順便也懲罰那些可惡的壞人！
用我身上的詛咒…

……原來我們身上的，一直都是你的詛咒……
即是你把詛咒轉移到我們身上!?
唔……
既然這是你的魔法……你絕對能解開吧!?
那……給我們解咒吧!!
可惜呢……我現在都不做解咒了……

況且，我就是解不了，才一直放在自己身上啊～
我們可是因為你收藏在大屋的詛咒，才逼不得已攻擊他們啊!!

別這麼激動嘛～
你們不是都好好嘛～
只要離開大屋就會開始惡化啊！
所以才會被困在這裡動彈不得啊!!
…是你…！
是你的詛咒!!
把我的魔法都污染了!!
嗚——
好痛!!
哎呀…
你們先給我去吃藥吧！

好啦！先去溫室吧！
我來調藥！樂蘭也過來！
我還沒說完——
喂!!你們竟然擅自在我的大屋…
主人…
…!?
原來詛咒都會轉移到他們身上去…
你給我閉嘴！
…那麼按道理…他們應該都惡化得差不多了…
奧利…
那麼…果然亞歷斯真的有點作用呢…！
…噢！

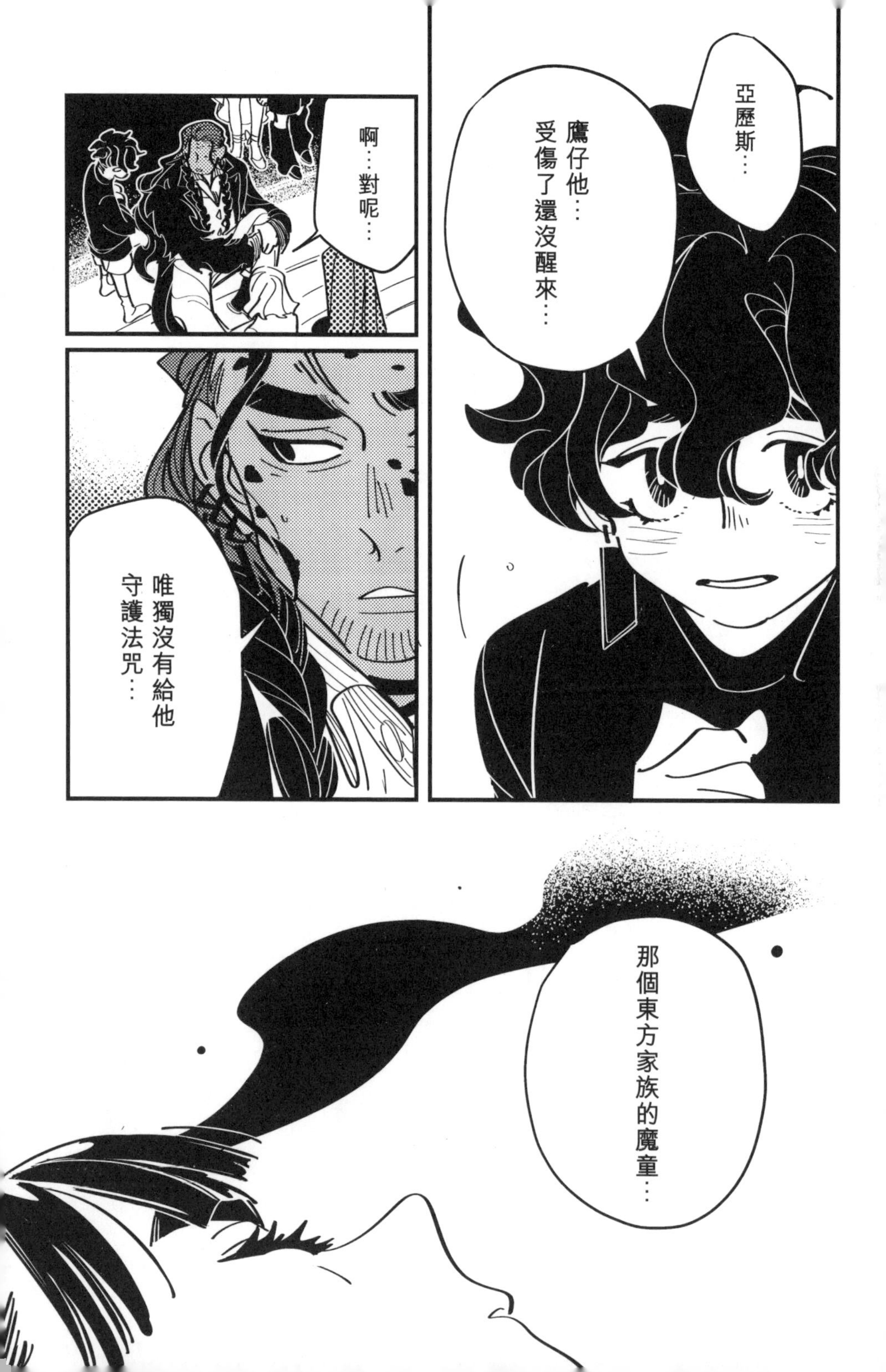
亞歷斯…
鷹仔他…受傷了還沒醒來…
啊…對呢…
唯獨沒有給他守護法咒…
那個東方家族的魔童…

這個是…詛咒碎片的攻擊…
的確是沒詛咒本體來得這麼嚴重…
…但對魔童來說…
很會分析呢…你是協會的人嗎？
…我是誰你不用管…！
收藏一大堆詛咒在大屋，還敢留魔童們在家置諸不理…
如不是我們及時出現阻止，他們說不定已經死掉了！
話真多…

他們可是你帶回來的！負點責任啊！
隨便闖入別人家…才沒資格吩咐我…
既然你都給沙利和朱利守護法咒了…為甚麼他就—
我又沒說不救他啊，只是想讓更有能力的人來做而已…
亞歷斯。

記得動畫裡，王子親吻公主的畫面嗎？
嗯……？
來！
給他親一個吧！

咦？
為甚麼!?
CHU
!?

EPISODE 9
解咒
&
破咒

亞歷斯！拜託你了…
咦!?…我？
…為甚麼是亞歷斯了？
因為他到現在也安然無恙啊…
啊…!!…難道…!?

是因為…這孩子完全不受魔法或詛咒影響嗎…？
對啊！所以我才把他拾回來啊！
那…要怎樣做？
來~記得你看過的動畫嗎？
那個被巫婆詛咒，睡死了的公主…是怎樣醒來的？

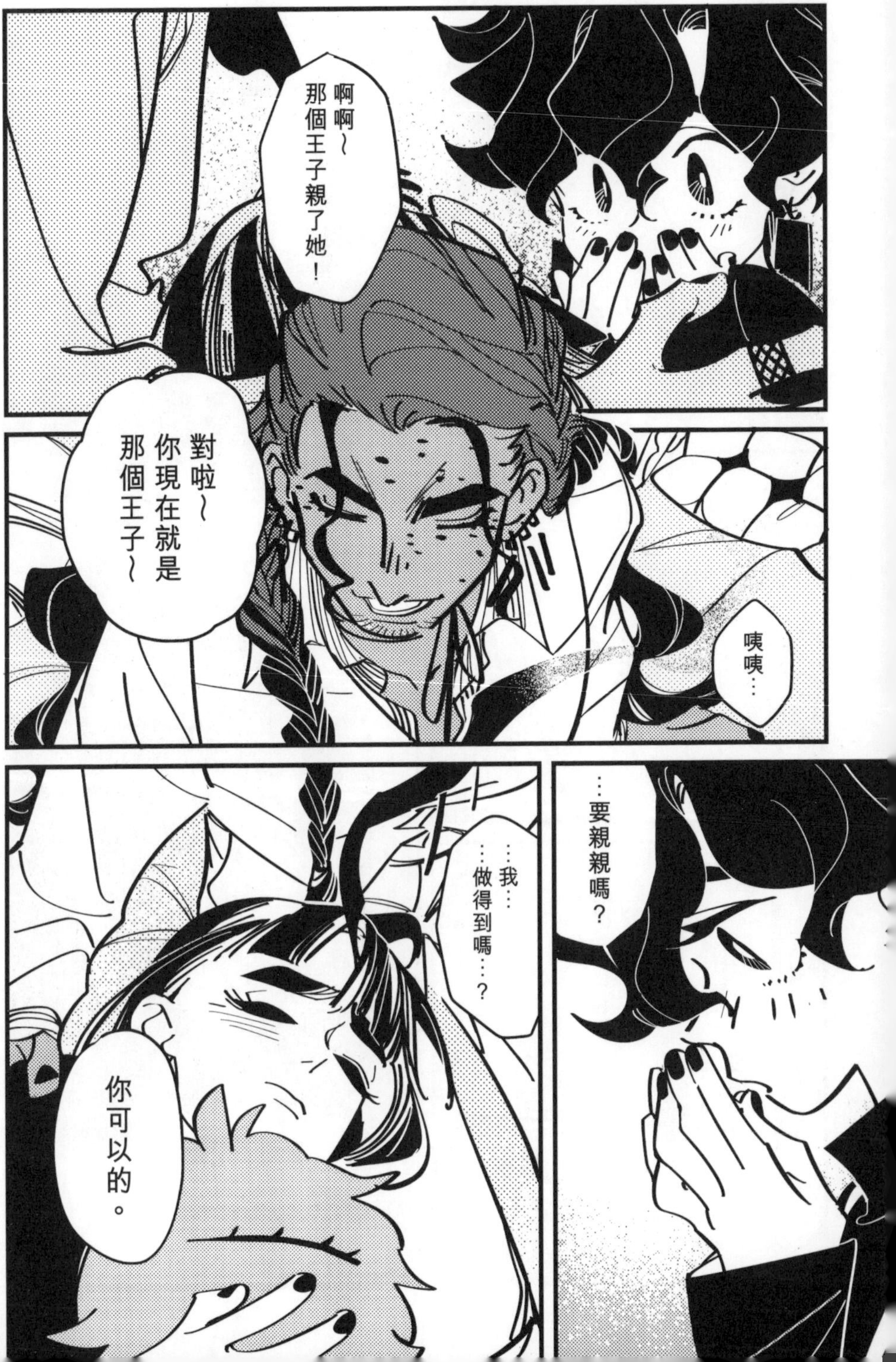
啊啊～
那個王子親了她！
對啦～
你現在就是
那個王子～
咦咦…
…要親親嗎？
…我…
…做得到嗎…？
你可以的。

好吧！我試試！
啾
等、
喂！親額頭啦！
傻孩子！
哦哦！對不起!!
鷹仔傷了額頭啦～

唔…再、再來…
別緊張…
親在黑煙冒出來的地方就可以了…
啜
滋滋…
吸ー

沒事的…
滋——
嗚…

……吞掉了……
你把那陣煙吃掉了嗎……!?
天啊……沒事吧……
嗯……
會不舒服嗎？
會痛嗎？
沒、沒有？
我很好……
哇……你很厲害啊!!亞歷斯!!

…是…天生的解咒師嗎…？
嗚…
要醒來了嗎？鷹仔？
嗚…哇啊啊啊…
…我真的不是故意的…嗚嗚…
我已經在找修補的方法了…
嗚嗚嗚…我…我會回來的…
神龍大人…
…母親…

哭得太誇張了吧…
哎喲…
他應該一直在惡夢裡…
讓他好好地睡個飽吧。
……

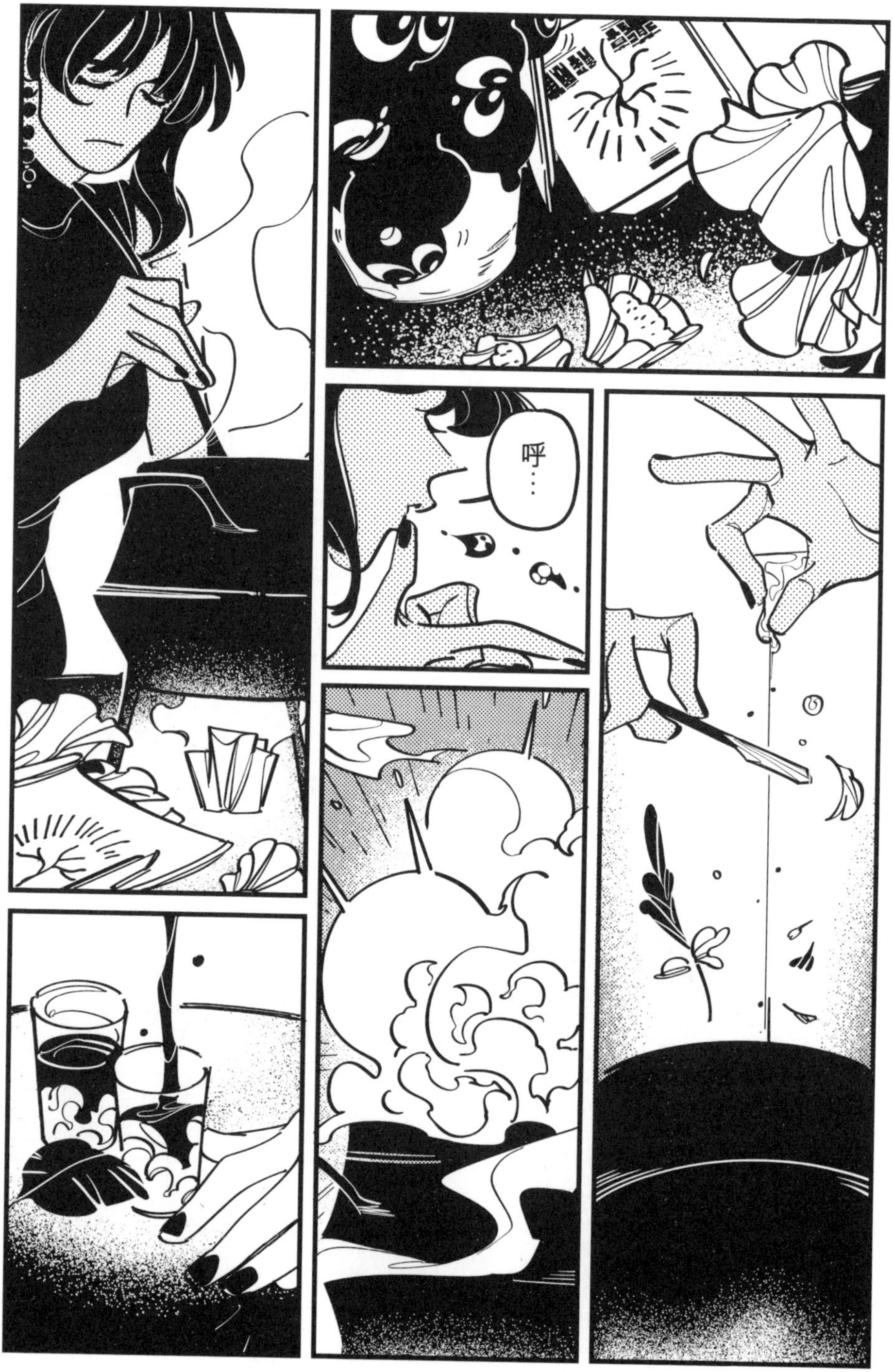
呼……

要多喝一次…
沒再掉碎碎就沒問題了。
謝謝!!
竟然是因為要保護他們…
就要詛咒我們嗎…!!

奧利？
…你因為生氣…所以才哭了嗎？
唔——真好呢…你主人回來了。
嗯～
你知道嗎…守護法咒的事？
唔唔…？
我和薇安都有猜想過，你們應該是大屋的護法。
…卻沒想到這個咒語背後，竟然是個詛咒…！
各位～鷹仔沒事了～

嘖！是自己的魔童嘛…當然會幫忙吧…
不…是亞歷斯，看來他有解咒師的能力…
咦──？
那他也可以幫我們──
不行…還不成熟…
哪知道魔童的解咒…也可能會導致更嚴重的魔力失衡現象…
所以…只能靠扎克嗎…

但看他身上的斑紋⋯
他說沒法解咒，應該不是不願意做⋯
而是不能再解咒了⋯
⋯天知道他在這十年間都在幹甚麼⋯⋯
正常有這詛咒斑紋的數量⋯
⋯應該早已經死掉了⋯

要靠他解咒⋯
⋯暫時都不太可能了⋯
就算有亞歷斯暫緩詛咒的速度⋯也不能完全解決⋯
這三個人和扎克⋯到底是怎麼了⋯
⋯沙利？可以帶我去找你主人嗎？
⋯我不想迷路⋯
唔⋯嗯！

你離開時，這塊碎片封印應該被解開了⋯⋯

啊啊…知道了…
大概是因為亞歷斯的魔力失衡影響吧…
他剛來時，也影響了大屋的咒語好一陣子…
朱利也很擔心…
朱利…是那個金色的？
近期總算穩定下來，所以我才出門…
倒是你…康復得蠻快的啊？
多虧那個很高的魔藥師…
嗯～很有用的人呢～

他們只是不小心
誤傷了魔童…
害他們受到詛咒
好像有點…
沒辦法啊！
咒語的發動條件
就是這樣…
這個碎片的封印…
也是靠那三個女巫
幫忙收拾的…
…我只是在保護
我的魔童而已。
你為她們說好話嗎？
你是跟她們一夥的？
啊、不，
我只是…
對了…
容我先正式
自我介紹…

我叫樂蘭，是萬羅大人的徒弟。
啊啊…原來我占卜到的是你…
唔…不過…
你…還是待會先去洗個澡吧…
好髒
失、失禮了…
因為我在這大屋裡迷路了一整個星期…
坐吧。
……

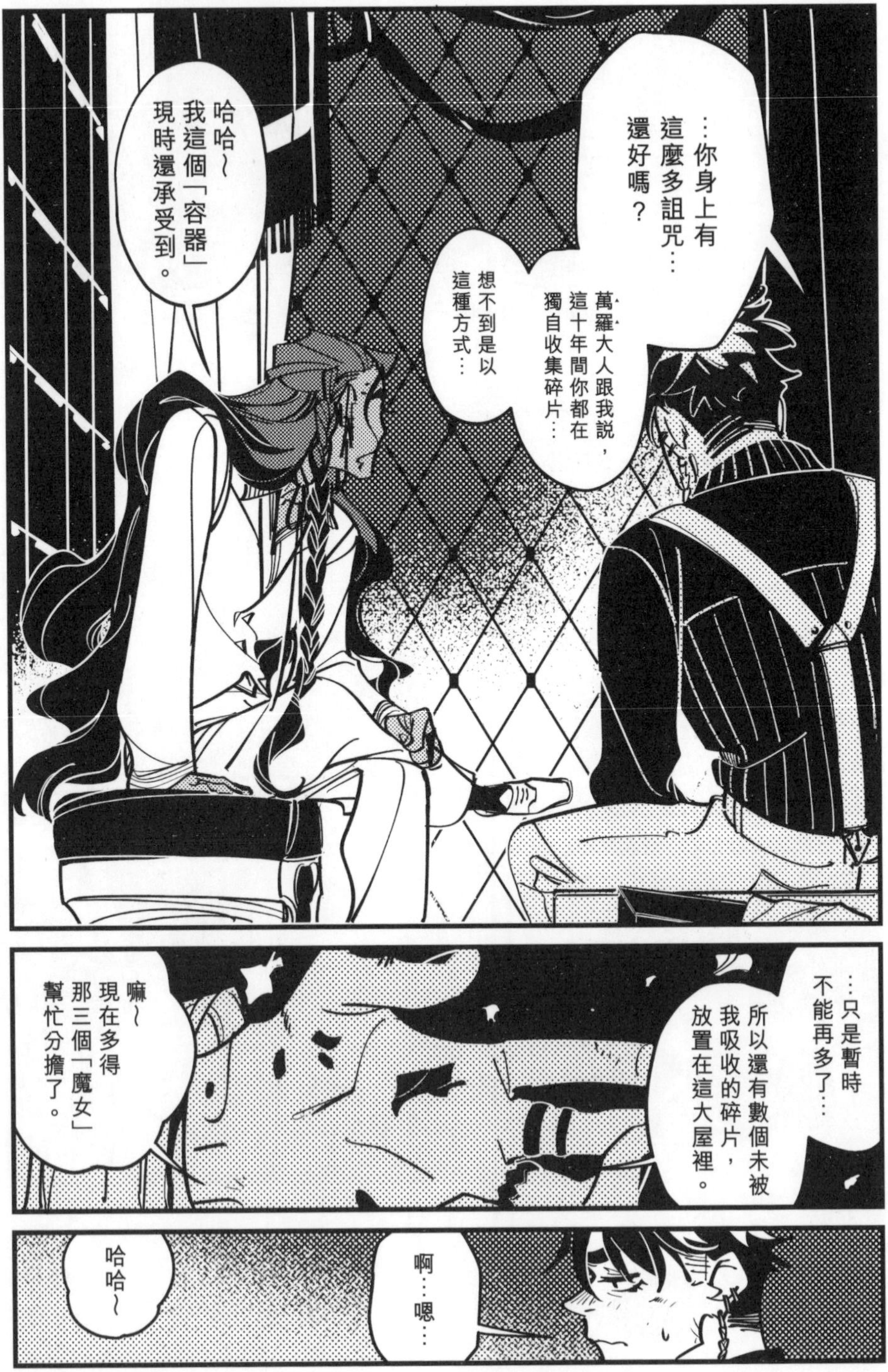
…你身上有這麼多詛咒…還好嗎？
萬羅大人跟我説，這十年間你都在獨自收集碎片…
想不到是以這種方式…
哈哈～我這個「容器」現時還承受到。
…只是暫時不能再多了…
所以還有數個未被我吸收的碎片，放置在這大屋裡。
嘛～現在多得那三個「魔女」幫忙分擔了。
啊…嗯…
哈哈～

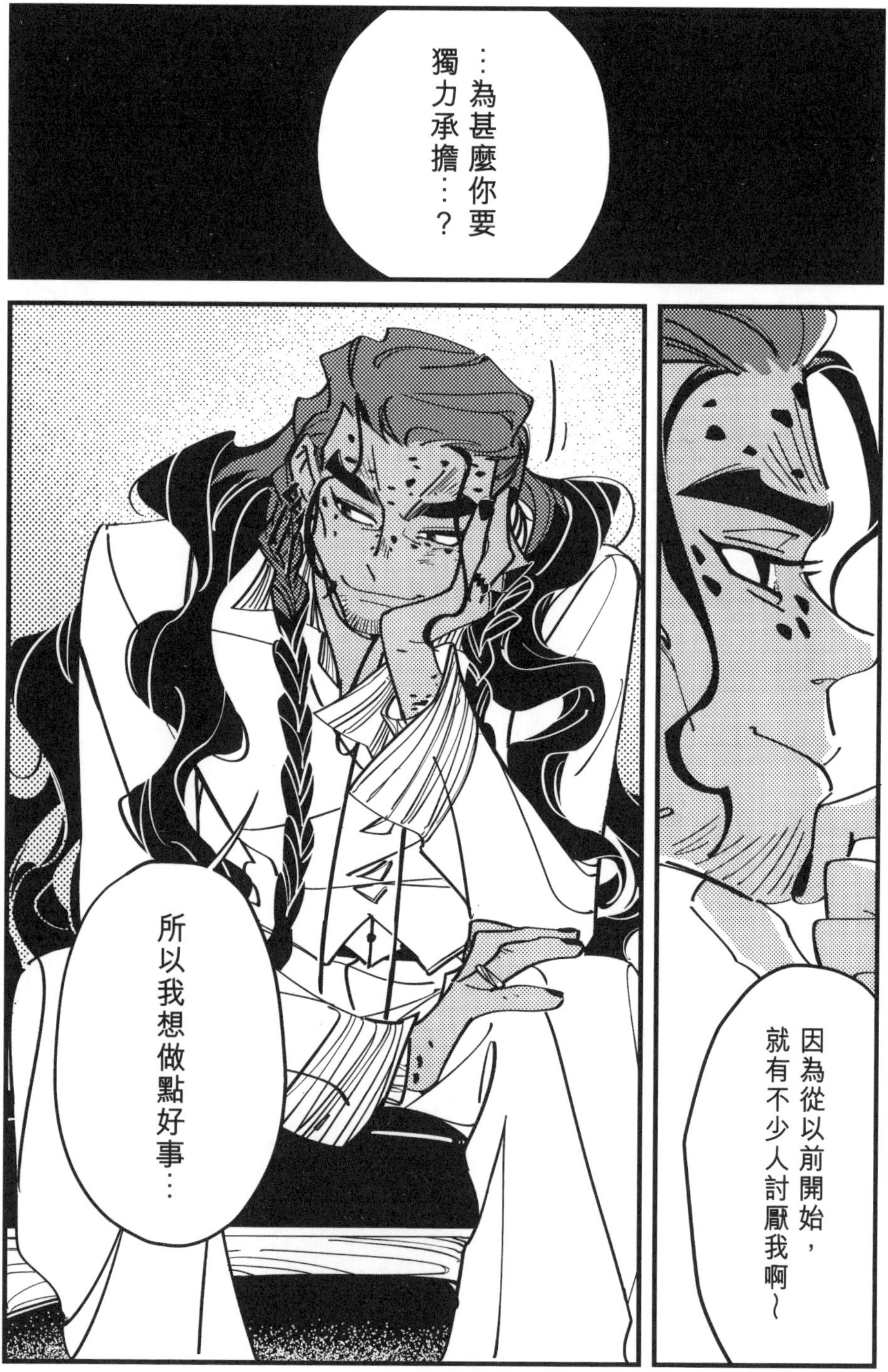
……為甚麼你要獨力承擔……？
因為從以前開始，就有不少人討厭我啊～
所以我想做點好事……

甚麼意思…？
到底是想人討厭他
還是不討厭他…
…但你身體也
快到極限了吧…？
那不如…
跟萬羅大人合作吧。

合作…？
既然現在連至上也出現了，我認為你們的處境只會變得更糟…
…萬羅…到底想要做甚麼？
!!

咦咦——
你把我當成公主親了!?
只、只是額頭而已…!!
嘩嘩~好大膽!!
哈哈!!
鷹仔……你終於醒了嗎？
感覺有好點了嗎？
哦哦！沙利！
好了!!

……但你剛剛哭得很慘啊……
不停說「對不起」甚麼的……
有、有嗎!?
……那……主人回來了?
對……那個樂蘭還在和主人聊過不停……
樂蘭?
你暈倒之後……又來了另一個男人……
好混亂啊……
而且說了很多我不知道的事情……

…「人間煙火」…
…「詛咒」甚麼的…
咦…是在說十年前的事嗎？
咦…沒有人告訴你們嗎？
你知道嗎!?

我喜歡聽故事。
說吧！
是怎樣的？
這個嘛⋯⋯要從一開始說起⋯⋯

在魔法世界之外……
其實還有另一個世界，叫做「人間」。

以前兩個世界的邊界是相連的。
「人間」的凡人不懂魔法，但他們有厲害的科技！
所以不少巫師和凡人會常常交流，還會互相分享魔法和科技。

凡人非常羨慕巫師能使用魔法，
所以某些和凡人友好的巫師，決定創造一個可以把魔法帶到人間的咒語。
不過……
希望藉此令凡人也能使用魔法。

儀式失敗了。
咒語竟然變成了詛咒。

幸好當時有厲害的巫師剪碎了巨大的詛咒，制止了咒語發動。
但無法阻止詛咒的碎片，散落到魔界和人間的交界。

詛咒碎片污染了很多地方，自此荒廢…
而在那以後的十年間，魔界幾乎再也沒有和人間有甚麼交流……
…所以為甚麼咒語會變成詛咒了？

那現在外面的世界怎樣了？
我也不知道⋯⋯
儀式失敗後，巫師們都忙著尋找碎片和清理，但碎片的數量非常多⋯⋯
被污染的地方很多都不能去了⋯⋯

這樣的話，如果亞歷斯去把詛咒都「嗖」一聲吸掉，不就解決了問題嗎!?
我怎可能做到！
你的嘴巴很有用呢～
你可以四處去親親～
不要…
哈哈～說笑而已啦～
那沒有其他方法了嗎？

萬羅想「破咒」!!
破咒？
破咒可不是用咒語抵消咒語這樣簡單的事啊！
那可是因為「人間煙火」污染而成的詛咒啊！
當年至上們的破咒，不是就令剪碎了的詛咒碎片散落在邊境嗎……
現在還沒有一個巫師有能力對抗得到……

萬羅……真的有本事做到嗎……？
……
……你有聽過「三魔女」的傳說嗎……？
吓……？又是三魔女？怎麼了……？
……這年代是有多憧憬童話啊？
她們明明也不是解咒師，卻能完成破咒啊！

喂…
不是來真的吧…
…說到底，
這不過是個傳說…
別開甚麼玩笑…
…總比至上們
詛咒人間好吧？
恐怕那才是至上們的
真正目的!!
…詛咒…人間？

EPISODE 10
打掃 & 清潔

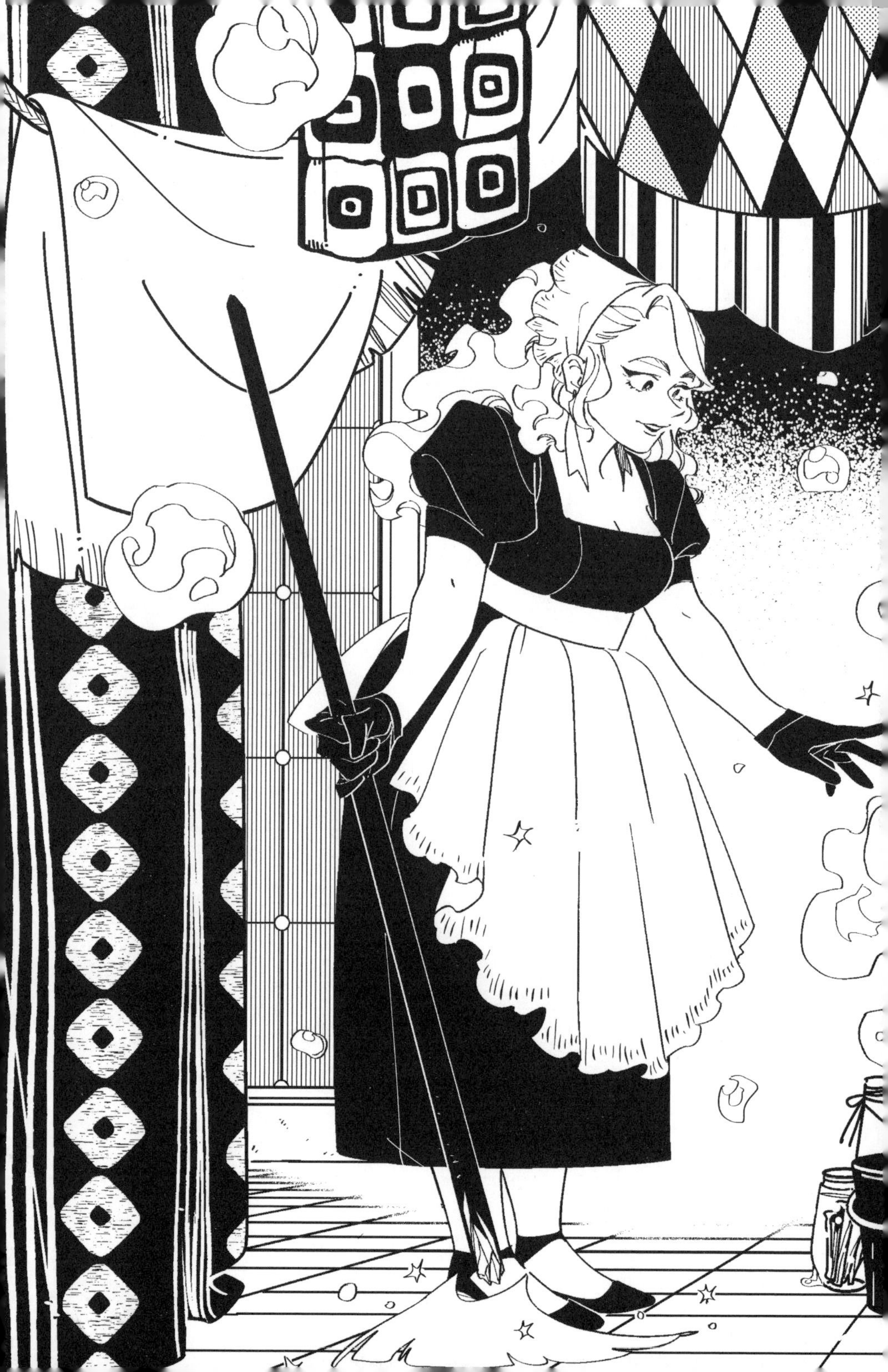

至上巫師想要「詛咒人間」…
把十年前被「人間煙火」污染而成的詛咒，完完整整地還給人間…!!
利用你的能力…
還有你好心收集回來的詛咒碎片…也是他們的目標…
哈…甚麼啊…

至上都喜歡搞出
這樣的麻煩事啊……!!

乖…我沒事…
你們讓我躺躺就好…
可惡…
那個該死的…
森心!?

我還好奇你進行得順不順利嘛…
玖仔？
你…受傷了…!?
該死…!!
我可能中詛咒了…
吓…!?

咦咦——怎麼會!?
是扎克！那轉移詛咒的能力！
扎克…？
你見到扎克了!?
算是碰上了，但完全說不上話！
明明碎片也快要到手了，我卻中了詛咒！
他竟敢…詛咒至上…!!
那裡有一群奇怪的女巫和魔童…
不只是扎克…
還有萬羅的手下…！

果然萬羅也想拉攏扎克！
…他一定知道我們會看上扎克的魔法…
那我們要馬上告訴星辰啊!!
就是因為他！我才會中了詛咒的!!
說甚麼一大片漂亮的草草！
誘騙我去那魔摩草原…
搞甚麼麻煩事!!
也沒辦法啦！星辰都不方便移動…
可惡…扎克手上的還要是較大型的碎片啊…

不要緊的！
至少我們能以「至上」和「協會」的名義，命令他把碎片交出來！
我們四個至上巫師要命令其他巫師，也沒多難吧！
我不覺得他會當我們是一回事…!!
你看看我…
嗯啊…
至、至少確定了星辰的占卜是對的嘛…
這點還是別說好了…
但萬羅還是搶先一步…
現在先讓我休息一下吧…

雖然這個詛咒的力量看似不太強，但對我施法影響很大…
我…要找昭禮來看看你嗎？
把詛咒還給人間…？
…而我就是被利用的目標嗎…

為甚麼我的魔法，永遠都不會給我帶來好事…
只要至上們還沒集齊詛咒碎片…
他們就不能重啟轉移詛咒…
所以…萬羅大人希望你至少不要投靠至上那邊…
唔…

好的……得到答覆後，
我就會回去覆命。
……我考慮一下。
……你等一等。
喂！
在偷聽嗎？

出來了⋯!?
啊——
主人———!!!
你們聊很久啊！
奧利？
重要事情嘛！
鷹仔，醒了嗎？
沒事了？
嗯！我很好！

說起來，大屋亂七八糟的，好像沒人去收拾呢？
不是說要一直保持乾淨嗎？
……那個……我有在做的！
喂——是那個綠女巫來搗亂才會變成這樣…
不能責怪他們吧！
我哪有責怪的意思啊…外人就別多嘴吧…
才不是外人吧!!是你害我們中了詛咒的!!
是受害者啊!!

那你們也幫忙打掃吧…
不然我就要請「外人」離開了啊！
冷靜點—
甚麼態度呀!?
既然這大屋曝了光，相信已經不再安全…
打掃後我們就要立刻離開…

好好收拾——

大家～!!
我調了些清潔藥水⋯
能把綠女巫的
魔法草草
枯乾碎掉哦～

把枯萎的碎碎集中起來~

薇安，你來吧。
好！

乾淨了！
很像三魔女之前的打掃儀式呢！
那是封印儀式吧…
啊～對～很厲害對吧～
這三個女巫來這裡…到底是為了甚麼…？
嗯…
亞歷斯？

聽說你幫忙，讓鷹仔醒過來了？
嗯。
很厲害啊～
啾
咦咦??
啊！
說不定奧利身上的詛咒我也能清除～
感覺有…好點…嗎？
哈哈……
好…感覺還好…但詛咒還沒解除啊…
噢…
不是說解咒師能把詛咒化成「無」的嗎？
哪有這麼容易…傻孩子…

你還只是個魔童而已…
…誰動過我的東西!?
有別人的味道!!
是朱利來收拾過吧…
那個…請問…這是你們的房間嗎?

是你!!
嗅
嗅
你的味道好像…有點熟悉呢…
很奇怪的香水味!
嗅
黑玫瑰!?
那個…
…是朱利讓我待在這裡的…
怎會這樣!?
吓吓吓!?
你們兩個安靜點啦!!
我們平日出外四處跑,誰會知道這裡是你們的基地了!

你是…扎克的使魔？
我們都是！怎麼了？
有…簽定契約那種？
是又怎樣？
你是那種認為「使魔契約」是守舊又邪惡的女巫嗎!?
啊啊…不是的…
我只是在想…你們的主人已養了魔童，還要養使魔…
真忙碌啊…

裝甚麼清高!!!
連扎克大人都說我髒…
唉…全身滿是灰塵…
…這些洗衣機…
還能用吧…?

丟你進去就知道啊!?
奧利弗…
不如你整個人鑽進去，順便洗一洗自己吧！
他不幫你解咒，你還待在這裡幹嗎？
我還有要做的事情…
哦呵～私事～～？

看來他完全不認得你們耶！
有必要變身來見他嗎？
哈～你放心吧～只要他不跟至上那邊扯上關係…
暫時也不會出事的…
…誰要管他生死…！
倒不如替我擔心一下吧!!
我可是被他詛咒了…!!
!!

你啊…
要是我的星塵不再漂亮了怎辦…
欸…唔…沒問題的啦…
你很強嘛…
你總是太高估我了吧!?
!?
耳環…偷不回來…
這樣我怎能囂張地跟他説，我的星塵比他的漂亮多了…!

終於安靜下來…
斑紋真的少了…
多虧那三個小女巫呢～
……
那個表情…在哪裡看過了…
似曾相識的感覺…

呼…
破咒嗎…
強如四個至上們…也打破不了的詛咒…
萬羅到底打算怎樣破咒…

詛咒要付出龐大的代價才能達成…
而要破壞詛咒，也需要用上同等級別的魔法…
所以若要進行「儀式」的話…
首先要集結一批厲害的巫師，
還有收集特別的魔法材料和道具…
所以萬羅大人才會派我來找你…
魔法道具…嗎？
看來我的收集癖終於派上用場了呢…
這樣…太好了！請問你能提供——
不太好…因為…「它」已被摔壞了…
吓？

被繼承者自己…
怎麼會…這麼輕易…？
結果我們還是要離開這裡呢…

啊～主人!!
我們都累死了～
用魔法打掃也消耗很多體力呢…
對呢…
又嘈吵起來了…
喂！魔童們～
所有地方都打掃好了嗎？

打掃好了！
我帶你四處看看吧！
還有～鷹仔。
咦？
很乖～
大家都辛苦嚕⋯⋯！
但接下來還會更忙呢！
你是時候該回家囉～
吓？

別說我總是獨留魔童在家中啦…
我們一起去旅行吧～！
咦!?
不是吧…
…要去哪裡了…？
鷹仔的家！
蘭山。

那麼……
我們來做一次空間魔術的儀式吧！
欸……!!
!!

來吧！把全部的蝴蝶結都解開!!

來一起拆掉大屋吧!!
甚麼…!?

NEXT
EPISODE
IS
COMING

黑山 KATHY LAM

香港出生的創作者，畢業於英國布萊頓大學插畫科。
著有《摸布想自己賺罐罐：黑山的烏鴉原創故事集》(春光出版)，《Life goes on 黑山 キャシー・ラム作品集》(マール社)。

MESSAGE

「從沒見過的魔法世界，充滿設計感和華麗的畫風。享受故事之餘，猶如一場魔法的時裝秀。」

3itches

三魔女 BY KIU

BOOK

2

"3itches" series
Original Story & Artwork by KIU.
© 2022 KIU / ZBFGHK All Rights Reserved.

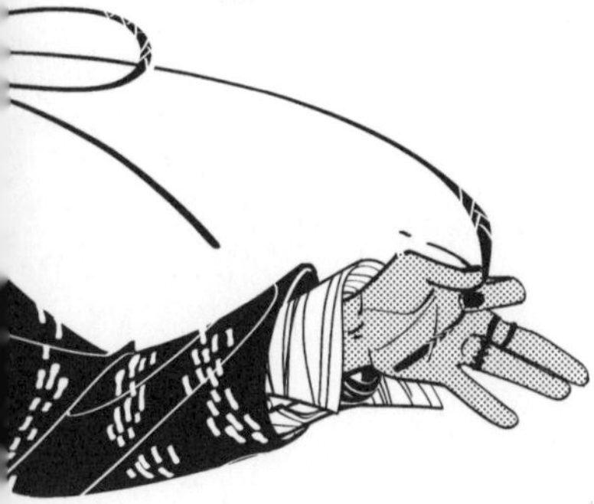

KIU《3itches 三魔女》BOOK 2

作者： KIU
出版： 紙本分格 zbfghk
編輯： 紙本分格 zbfghk
設計： 紙本分格 zbfghk
香港九龍觀塘敬業街 65-67 號
敬運工業大廈 11 樓 A 室
網頁： www.zbfghk.org
電郵： hello@zbfghk.org

承印： 影美 Image Production & Supplies
發行： 漫畫批發市場（香港）
泛華發行代理有限公司（香港）
紅螞蟻圖書有限公司（台灣）

香港印刷及出版
第一次印刷發行： 2024 年 9 月
國際書號 ISBN： 978-988-76331-1-2

定價： 港幣一百二十元 / 新台幣五百四十元

本刊物受國際公約及香港法律保護，在未得出版人書面同意前，嚴禁以任何形式或途徑（包括利用電子、機械、影印、錄音等方式）複製、抄襲、或播送本刊物的全部或部分文字（包括中文及其他語文）或插圖，或將本刊物儲存於任何檢索系統內。本刊物銷售條件規定購買者不得將此刊物租賃營利或以非原賣方式轉賣給第三者，除非先得授權及出版者允許。

相信漫畫